Matsuhashi Honami Senryu collection

川柳作家ベストコレクション

松橋帆波

やがて春ならん想いの頬でいる

The Senryu Magazine
200th Anniversary Special Edition
A best of selection
from 200 Senryu writers' works

新葉館出版

川柳は「後の祭り」を愛でるもの

柳《りゅう》言《げん》

川柳作家ベストコレクション

松橋帆波 ■ 目次

川柳作家ベストコレクション

松橋帆波

第一章 Outer world(外界)

悪党の世界にもある助け合い

戦犯の犯は誰への犯ですか

ネコ踏んだ13日の金曜日

こんなところで生命線が切れている

腕枕では無理な耳掻き

毛が生えるところから毛が抜け始め

交番の蛍光灯が切れている
執念で濁っていそう美人の湯
予測変換はピンクの文字ばかり

出す曜日決まっていない核のゴミ

セールスがわたしごときを誉めている

不倫とは思っていない不倫中

オバサンの唇だって魅力的

十数えられない鬼も鬼ごっこ

税務署の隣の店の申告書

市役所の老眼鏡が家にある

太陽は休まないのに日曜日

本当の事を言い出す街宣車

ですますで書かれているが殴り書き
しっかりとうっかりとするようになり
教えから外れることはすぐ覚え

自分では資源ごみだとまだ思う

床の間に置いてあるのが核の傘

勉強をしたくない子がいる平和

僕の末端価格なんだなぁ時給

時差ボケというより時代ボケである

頭痛薬頭痛の種はなくせない

真っ先に欠いていいのはチョコの義理

目薬を差す時伸びる鼻の下

耳掃除するとベロンと舌が出る

人差し指よりも大きい鼻の穴
こんにちは言えて成り立つさようなら
蚊取り線香でお経は上げません

消費税的な商売考える

蠅や蚊にすれば嬉しい温暖化

夫婦して履歴書を書く面白さ

大阪のオバチャンもきっとなでしこ
親の背を真似ないように来たけれど
Y字路で損する方を選ぶ癖

長生きへあちこち痛くなるオマケ

玉音と震災そして高齢化

イクメンの通勤阿闍梨だと思う

旗振って貧乏くじを引いている

焼きソバの塊　食道につかえ

正直が罪とは恋は難しい

温暖化ヒトもＣＯ$_2$を吐く

くちづけをすると何故だか怒る妻

駅チカと駅ナカそして駅がある

素面ではお巡りさんを労えず
要するに面倒だから多数決
キャスターの言う庶民より下にいる

プロデュースしすぎる母がいて困る

新札が苦手脂の抜けた指

パン粉だかアジだか判らないフライ

２０４５年連合国よ謝罪せよ

秋の空おそらくネコ科だと思う

試食用小皿勿体なくないか

税務署の並びの店も閉めるとか

近眼の老眼で観る３Ｄ

千円の腕時計でも日焼け跡

土用丑タレは国産品だろう
なんとなく死にたいなどと言う若さ
効果音だけで悪だと決めつける

引き算のことで税務署から呼ばれ

奥様は恋愛中は魔女でした

出るとこへ出るにも必要なお金

裏返るほどに笑っている娘

根元から白髪は白くなるのだね

中吊りはいつも野党の顔をする

支配者に首を垂れる支配人

母親は疎ましいほど愛である

離婚する時にも使う認印

苦笑いして振り払う思いつき
政治家を絶やさぬ政治家の家だ
意外性求めていない晩ごはん

竹箒桜吹雪に立ちつくす

鬼は外だから世間は鬼ばかり

老猫の枝毛を梳かす雨予報

二度聞いて判った振りをしておこう
天才は世間知らずで丁度良い
医薬品なのに怪しいバイアグラ

嫌われた方が気楽に生きられる

子供はずるくて大人はいい加減

やり直しより片付けが先ず出来ず

つり革も脂ぎるのが終電車

家庭では愛国心を教えない

体脂肪計の都合で歩かされ

缶ビール数えて閉める冷蔵庫

英霊がいてご近所と揉めている

日の丸を立てているのが大家さん

丸ビルもミッドタウンも似た形
どこからがニュースか判らないテレビ
コスプレの子の毅然さに気圧される

百のこと百通じないニッポン語

返信がないと電話で叱られる

珍しい客はたいてい酔って来る

先という先が冷たい冬の朝
自衛権やられる前と後があり
粗探しするとテレビも面白い

厨房でアカンべをするおもてなし

税務署が聞く宵越しの金の事

税務署の灰皿汚すだけ汚す

何もしないで寝ていると腹が減る

生真面目に時給以上の汗をかき

消費税より低いポイント

デジタルに壊れ始める認知症

クラクション整備しておく霊柩車

コマーシャルまで持たぬ頻尿

大気圧感じてしまうほど疲れ
お節介よりも好かれるお人好し
人が皆愚かに見える安い酒

なぞなぞの答えを聞いて腹が立ち

食べるのも三分で済むカップ麺

店畳む決意　温泉予約する

借金をしてもポイント付くカード
米軍に勝てるのかしら民主主義
人情にそのうち消費税がつく

美人なのに微人と変換してしまう

閉まる時勝手に閉まる自動ドア

温暖化なのに灯油の値が上がる

第二章 Inner world（内界）

やがて春ならん思いの頬でいる
南にもたぶん孤独な人がいる
へその緒で首を括ったことがある

耳鳴りは鼓膜経由で来ていない

さよならを一本道に置いてきた

改札を抜けて赤血球となる

天井を見つめて堕ちたなと思う
外せない首輪と外れない指輪
八月の陽と火と日と非と悲と人

挽き肉を捏ねる手　僕を弄る手

ペディキュアもレモンの味がするんだね

口の中までは愛して欲しくない

ボディーシャンプーのぬめりは罪だろう
マイナスはプラスのネジも回せるが
人形の首取れるよう出来ている

夜行バス似た人生の顔幾つ

愛咬の果てそれぞれのデスマスク

骨盤を擽ってくる月の満ち

ひい、ふう、みい、虹が七色見えません

賽銭をソフトボールのように投げ

死ぬ順を肴に朝ごはん食べる

誰か背を押してくれれば泣けるのに

呼び鈴もSNSも面倒だ

クレパスの角で憂鬱塗ってみる

投資でも投機でもない葬儀代
友達というあいまいな形容詞
土壇場の女はみんな鉄だろう

エスカレーターの真ん中で泣いてる子

一人ならヒト　群がるとオニになる

引力が出ているキミの脇の下

貧乏は自業自得と知っている
春陽や子の幼さを危うがり
札束の匂いを嗅いだことがある

青春に馬鹿呼ばわりをされる海

芸のない猿で名前を貰えない

短冊も絵馬も勝手なことばかり

美しく言いたいものだサヨウナラ

妻のどこが柔らかいのか知っている

なぐさめてもらいたいからふてくされ

この今日は昨日描いたのと違う

否定語を使う分だけ老いてゆく

明日より今日より昨日だけの酒

妹の部屋だけいつも春である

手術中僕を見ている僕がいる

生老病死闘うようにできている

自転車のカゴに牛肉置き忘れ

愛という十三画へ黙考す

乳首より大切な子が吸う乳首

切なさが好き夕暮れの風のこと
長き影逝き難き日の生き難さ
本物のナイフを持っている生徒

春が来る人には夏も秋も来る

書くことが無いので鬼と書いておく

哀しみの数だけ落ちる体脂肪

凄いわねぇと言われたがそれっきり
おざなりに絡めた指が冷たいいね
突き刺さる言葉鼻腔へ血の臭い

程々の末期の金の難しさ

脊髄を駆けてゆくのは愛じゃない

脈を打つ桃とどんぶらどんぶらこ

寝る前に日記書くから眠れない
虹を見た記憶にしがみついている
春の風前頭葉も靄の中

自販機の前で糖摂る炎天下

悔いを数えると私の影になる

発泡酒みたいな煙草ないですか

一番の敵は虚ろな下半身

総理大臣がぼんやり決められる

指を絡めるとプラネタリウム的

文字通り貧乏揺すりだなオレは

聞き役に回ろう聞いて忘れよう

逆ハート型はお尻でなくヒップ

トーストに飽きて菓子パンなど試す
食卓のコップ手酌を待っている
灰皿が積んであるので喫煙可

灰皿が美しすぎて汚せない

満月の前後左右の苛付く日

尿石は歯石に似てるなと思う

太陽がギラギラ僕は無敵です
まな板の鯉だな　遅延車両にて
ブじゃなくてヴで検索をさせられる

客観という主観から抜け出せず

父さんはライバル母さんは菩薩

繰り言は指数関数的である

一日を正しく生きた気の疲れ
反対を向くと妖しい耳掃除
耳朶もたぶん八度を超えている

人一人絶たれて遅延証明書

沢山の嘘で身体が透き通る

少年の目を見て話せない大人

炭酸が無性に欲しい小春の日

候補者の後を廃品回収車

花びらは熟れオオカミは今日も来ず

愛欲にまみれられない独りでは

貧乏ゆすりすると小銭の音がする

喫煙者減少癌患者増加

子が稼ぐので子離れができません

海を見ているのは屍かも知れぬ

柏手を試しに三度打ってみる

反省をするから深く眠れない

焼き鳥は真正面から食べられず

オレ一人生きるに金が嵩みすぎ

運もこれまでか清掃中とあり
唇を無防備にして目を閉じる
両親の嫌な所を十言える

オレだけの洗濯物の寒い色

死んだ気になったら何も手がつかず

夢に逃げ神様に逃げ酒に逃げ

デフォルトで指輪をしない薬指
見下されながら正論聞かされる
携帯を切って母の日母に会う

キーボードがないと本音で話せない

会計士世間話もせず帰り

分解をして可燃ごみ不燃ごみ

大根のことを英語で言えますか

冬瓜が柔らかすぎて許せない

昨日より今日　残高が減っている

病院の薬が今月も余る

太陽を浴びて只とは素晴らしい

豆球が点いた堂々巡りした

あとがき

「川柳」という面白い文芸の存在を知ったのは小学校二、三年生の頃です。国語だったか、社会科だったかの時間に、横道に逸れた先生の話からだったと記憶しています。例句は忘れてしまいましたが「川柳っていうのは、ええ格好しいの仮面を外すモンなんやなぁ」という捉え方をし、その魅力に当てられたのでした。それ以来私の中で、俳句より川柳、短歌より川柳、百人一首より川柳が、物事の本質に真正面から向き合っている唯一のモノ、という刷り込みが醸造されてきたのです。

社会人となり、競吟という世界に出会い、触れ、没頭する中で、自分の中にある川柳の概念と、競吟現場の創作との間に、齟齬を感じるようになっていきました。思考の拡散はどこまでも自由なはずなのに、それは評価の対象にならない。という事は、作者の想いは評価対象ではないという事か…。等と、生意気にも愕然としていたのです。実際は愕然とすることなどないのです。飄然と詠めばよいのですから。しかも選考結果は選者という独りの人間の主観によってのみ行われ、結果に至る鑑賞・評が無いのです。選者の癖を狙う創作。その射幸性。それはそれで魅力的なのですが、私の求めるところではありませんでした。

「ぶろぐ」「YANAGI」と、過去に呈した作品集は、インターネット上での創作を中心にまとめてきました。自分がアクセス可能な、市井の反応を得られた作品の再構築でした。今回の「ベストセレクション」では「川柳展望」誌上に掲載された作品を中心に構成することにいたしました。インターネットより狭い世界ではありますが、先の作品集との大きな違いは、私以外の川柳関係者の選考を経た作品群であるという点です。

「川柳展望」誌との約十三年に及ぶやり取りは、私自身の川柳観を持って詠んだ作品を、自らが選考した上で投稿し、天根夢草氏の眼力で選別され、掲載に至るという手法を採っています。それだけでも八〇〇を優に超える量でした。それらを、現在の私の眼で、選別し、加筆修正を施し、再構築いたしました。勿論、他の過去作品、新作も掲載しています。

作品群をまとめるにあたって大切にしたことは、概念として、心、身体という所謂五感に沿う文脈だけでなく、想いに沿う文脈でもあるかという点です。

課題吟の手法で言えば「悪党の世界にもある助け合い」（課題・世界）という構成。自由吟の手法で言えば「やがて春ならん想いの頬でいる」という構成。

この二作品は、三十余年前に詠んだ作品です。私の川柳の始まりの始まりの時期に捉えた定義であり、そこからの試行錯誤が今も続いています。記念碑的作品として「Outer world（外界）」「Inner world（内界）」各章の巻頭に配置いたしました。

表層をトレースすることなく、本質を浮かび上がらせるためのアイロニー。心地よい音節の探求と、言語の異化へのチャレンジ。これが私の短詩創作の二本の脊椎といえます。

川柳の本質は「後の祭りを愛でる心」であり、その心の余裕を作者、読者の双方が持っていることが大切だと考えています。アイロニーばかりだと心が世知辛くなっていきます。そこに言葉の美しさと、意味の多様性の進化が起こるような修辞が用いられることで、心の余裕が生まれる。このことが不可欠だと感じています。人がみな、微笑みを忘れないため、絶やさないために、十七音字が輝きを増すことを祈りたいと思います。

お終いまで読んでいただき、ありがとうございました。

二〇一七年 秋 木犀香る通勤路にて

松橋　帆波

●著者略歴

松橋帆波（まつはし・ほなみ）

一九六二年京都府生まれ。東京都在住。
二十二、三歳の時に投稿をはじめ、二十五歳で川柳句会に初出席。関東の各地句会に参加する。
川柳かつしか吟社同人、郵便川柳こだま会長等を経て現在、川柳マガジンクラブ東京句会世話人など。

川柳句集に「ＹＡＮＡＧＩ」。

川柳作家ベストコレクション
松橋帆波
やがて春ならん想いの頬でいる
○
2018年 4 月13日　初　版
著　者
松　橋　帆　波
発行人
松　岡　恭　子
発行所
新　葉　館　出　版
大阪市東成区玉津1丁目9-16 4F　〒537-0023
TEL06-4259-3777㈹　FAX06-4259-3888
https://shinyokan.jp/
○
定価はカバーに表示してあります。

ISBN978-4-86044-886-8